ふみ／横川　民蔵（石川県 55歳）
「母」への手紙（平成5年）入賞作品
え／久保明日香（愛媛県 13歳）
「なつやすみ」第12回（平成18年）応募作品

修学旅行を
見送る私に
「ごめんな」……と
うつむいた母さん
あの時
僕平気……
だったんだよ。

文・横川民蔵
絵・久保明日香

最後まで
母さんの生き方許せなかった

それなのに
今はいつも母さんを想い出す

文・清水君江
絵・谷崎由美

ふみ／清水　君江（埼玉県 37歳）
「母」への手紙（平成5年）入賞作品
え／谷崎　由美（愛媛県 42歳）
「月の影」第12回（平成18年）入賞作品

飯はくってる
掃除もしてる。
金もあるから
心配するな。
何かおきたら
電話する。

文・玉山悟
絵・濱田俊

ふみ／玉山　悟（東京都 19歳）
「母」への手紙（平成5年）入賞作品
え／濱田　俊（愛媛県 20歳）
「ラクガキぶらぶら」第12回（平成18年）入賞作品

ヨメさん見つけた！
来月、連れてく。

「おかあさま」って
かあちゃんのことだぞ。
ん？

文・森山高史
絵・石田隆・石川和市

ふみ／森山　高史（沖縄県44歳）
「母」への手紙（平成5年）入賞作品
え／石田　隆（愛知県61歳）・石川和市（愛知県51歳）
「星降る夜」第9回（平成15年）応募作品

涙一つ見せなかった
母さん
兄が戦死した時
いつ…どこで
泣いたの……

文・谷口ちよ
絵・菅原勇

ふみ／**谷口　ちよ**（福井県63歳）
「母」への手紙（平成5年）入賞作品
え／**菅原　勇**（北海道65歳）
「厳しい平和への道のり」第12回（平成18年）入賞作品

母さん……
あの時のように
迎えに来てください。

林の中に迷いこみ
道を失いました。

文・丸山優子
絵・斎藤陽子

ふみ／丸山　優子（岩手県43歳）
「母」への手紙（平成5年）入賞作品
え／斎藤　陽子（愛知県27歳）
「月のある風景」第9回（平成15年）応募作品

入試の日の朝御飯
大きな大きなとんかつと
母さんの笑顔。

緊張もふっとんだよ。

文・高田瑠美
絵・井原伸

ふみ／高田　瑠美（富山県16歳）
「母」への手紙（平成5年）入賞作品
え／井原　伸（香川県63歳）
「笑顔の達人」第11回（平成17年）応募作品

ふみ／成田　康祐（大阪府28歳）
「母」への手紙（平成5年）入賞作品
え／佐尾　文子（愛媛県52歳）
「姑」第6回（平成12年）応募作品

おふくろ
死ぬなよ。
いいと言うまで
死ぬなよ。
親孝行が
全部終るまで
死ぬなよ。

文・成田康祐
絵・佐尾文子

日本一短い

「母」への手紙

〈増補改訂版〉

本書は、平成五年度の第一回「一筆啓上賞―日本一短い『母』への手紙」（福井県丸岡町主催、郵政省後援）の入賞作品を中心にまとめたものである。

同賞には、平成五年六月一日〜九月十五日の期間内に三万二二三六通の応募があった。平成六年一月二十四日・二十五日に最終選考が行われ、一筆啓上賞一〇篇、秀作一〇篇、特別賞二〇篇、佳作一六〇篇が選ばれた。

同賞の選考委員は、黒岩重吾（故）、俵万智、時実新子（故）、中村梅之助（故）、森浩一（故）の諸氏であった。

英訳のある作品に関しては、英訳を付記した。英訳はパトリシア・J・ウエッツェル教授によるものである。

本書に掲載した年齢・職業・都道府県名は応募時のものである。本人の希望により、本名を略記した作品がある。
※なお、この書を再版するにあたり、冒頭の8作品「日本一短い手紙とかまぼこ板の絵の物語」を加えるとともに、再編集し、増補版とした。コラボ作品は一部テーマとは異なる作品を使用している。
※財団法人丸岡町文化振興事業団は、平成二十五年四月一日より「公益財団法人丸岡文化財団」に移行しました。

目次

入賞作品

一筆啓上賞・秀作・特別賞

「私《わたし》、母親似《ははおやに》でブス。」娘《むすめ》が笑《わら》って言《い》うの。
私《わたし》、同《おな》じ事《こと》泣《な》いて言《い》ったのに。
ごめんねお母《かあ》さん。

娘が中学生になりそろそろ顔も気になり出したのかある日言われました。そう言えば私も小さい頃母にそう言った気がします。しかも泣きながら。困った母は祖母に聞けと言うので母の実家へ行った時祖母に言ったら「女は愛敬」と答えました。娘にもそう言っています。

"I'm ugly like my mother"
My daughter said, laughing.
I had said the same thing, crying.
I'm sorry, Mom.

Nobuko Taguchi (F.38)

一筆啓上賞
[郵政大臣賞]

田口 信子
群馬県 38歳 主婦

お母《かあ》さん、もういいよ。
病院《びょういん》から、お父《とう》さん連《つ》れて帰《かえ》ろう。
二人《ふたり》とも死《し》んだら、いや。

父はもう治りません。看病疲れで母が倒れそうです。娘として見ていられません。
父と母、どちらが大事、なんて答えは出ないけれど、もういいよ、と言いたくなりました。

No more, Mom. You have done enough.
Let's take Dad home from the hospital.
I'm afraid both of you will die.

Eiko Yasuno (F.44)

一筆啓上賞
［郵政大臣賞］
安野　栄子
千葉県　44歳　公務員

絹《きぬ》さやの筋《すじ》をとっていたら
無性《むしょう》に母《はは》に会《あ》いたくなった。
母《かあ》さんどうしてますか。

When preparing field-peas for supper
I suddenly wanted to see you very much.
How is it going, Mom?

Midori Nakamura (F.31)

一筆啓上賞
［郵政大臣賞］
中村 みどり
東京都 31歳 主婦

お母《かあ》さん、
ぼくの机《つくえ》のひき出《だ》しの中《なか》にできた湖《みずうみ》を
のぞかないで下《くだ》さい。

一筆啓上賞

［郵政大臣賞］

李　越

福井県　11歳　小学校

あと10分《ぷん》で着《つ》きます。
手紙《てがみ》よりさきにつくと思《おも》います。
あとで読《よ》んで笑《わら》って下《くだ》さい。

この手紙は母の家にあそびにいくとちゅうにだした手紙、
ぼくがかえってさみしくなったときにちょうどつき、さみしいじかんがすくなくなる手紙。

I'll arrive in ten minutes.
It looks like I'll arrive before the letter.
Laugh when you read it later.

Eisuke Seya (M.16)

一筆啓上賞

［郵政大臣賞］

瀬谷 英佑

愛知県 16歳 高校

桔梗《ききょう》が、ポンと音《おと》をたてて咲《さ》きました。
日傘《ひがさ》をさした母《かあ》さんを、思《おも》い出《だ》しました。

85才の母は若い頃藍染めの日傘がよく似合いました。

A *kikkyo flower* suddenly popped and bloomed.
It reminded me of you with a parasol
in your young days.
(kikkyo=Chinese bellflower)

Eiji Tanimoto (M.65)

一筆啓上賞
［郵政大臣賞］
谷本　栄治
京都府　65歳　無職

おかあさんのおならをした後《あと》の
「どうもあらへん」という言葉《ことば》が
私《わたし》の今《いま》の支《ささ》えです。

My mother's words when she farted,
"Oh, that's nothing,"
Now come to be mine to live by.

Sachiko Hamabe (F.30)

一筆啓上賞
［郵政大臣賞］
浜辺　幸子
大阪府　30歳　家事手伝い

お母《かあ》さん、
雪《ゆき》の降《ふ》る夜《よ》に私《わたし》を生《う》んで下《くだ》さってありがとう。
もうすぐ雪《ゆき》ですね。

Thank you Mom for giving birth to me
on that snowy evening.
My birthday comes soon...
It'll snow shortly, won't it?

Toshinori Amane (M.51)

一筆啓上賞
［郵政大臣賞］
天根 利徳
大阪府 51歳 自由業

お母《かあ》さん、私《わたし》は大《おお》きくなったら家《いえ》にいる。
「お帰《かえ》り。」と言《い》って子供《こども》と遊《あそ》んでやるんだよ。

私のお母さんは小学校の先生です。毎日帰りが遅く、夜もいつも学校の仕事をしています。
休みの日もいつも忙しそうです。私はいつも淋しいです。

一筆啓上賞
[郵政大臣賞]

藤田　麻耶
兵庫県　9歳　小学校

母親《ははおや》の　野太《のぶと》い指《ゆび》の味《あじ》がする
ささがきごぼう　嚙《か》まずに飲《の》み込《こ》む

一筆啓上賞
［郵政大臣賞］

鶴田　裕子
山口県　21歳　公務員

若《わか》い日《ひ》あなたに死《し》ねと言《い》った、
あの日《ひ》のわたしを殺《ころ》したい。

That day when I was young
and I told you to die...
I want to kill the child of that day.

Tatsuya Yagi (M.32)

秀作

八木 達也

岩手県 32歳 コピーライター

弘君《ひろしくん》のまねして　お母《かあ》さん　と呼《よ》んでみた
やっぱりダメだ
かあちゃんが遠《とお》くなる

秀作

坂村　友彦

群馬県　45歳

母《かあ》さん生《い》きていて！
私《わたし》は古稀《こき》、命《いのち》ある限《かぎ》り捜《さが》します。
現世《げんせ》で一目《ひとめ》逢《あ》いたい。

生後間もなく別れた母、行方が知れないまま、私はもう71才、生きているならこの世にいるなら一目逢いたい、顔も知らない母故、あの世でさがすすべはまったくない。すれ違っても分らないと思う。（母の託していった所で私は住みつづけている）

Mother, I've turned 70 years old.
Please be alive!
I want to see you in this life.
I'll keep looking for you as long as I live.

Ryuko Sudo (F.71)

秀作

須藤 栁子

千葉県 71歳

離婚《りこん》、賛成《さんせい》します。
お母《かあ》さん、今《いま》まで本当《ほんとう》にありがとう。
もう、耐《た》えないで！

Mom, I thank you for all your patience.
Don't endure more.
I support your divorce.

Yoko Kuratomi (F.31)

秀作

倉富 洋子

東京都 31歳 主婦

文字《もじ》読《よ》めぬ母《はは》なれば
逞《たくま》しき両《りょう》の手形《てがた》と五《いつ》ツ迄《まで》乳《ちち》に縋《すが》りし
この唇《くちびる》の型《かた》を送《おく》る

秀作

瀬谷 鉄保

東京都 83歳

荷物《にもつ》届《とど》きました。
でも「パンツ」とは、「ズボン」の事《こと》ですよ。
ガマンします。

秀作

佐々木 司
神奈川県 28歳 大学研究生

あの人《ひと》と幸《しあわ》せでしょうか、お母《かあ》さん。
父《とお》さんは、無口《むくち》を通《とお》し逝《ゆ》きました。

Mom, Are you happy living with that man?
Dad passed away without saying a word about it.

Misaki Ito (M.45)

秀作

伊藤 岬

長野県 45歳 自営業

修学旅行《しゅうがくりょこう》を見送《みおく》る私《わたし》に
「ごめんな」とうつむいた母《かあ》さん、
あの時《とき》、僕平気《ぼくへいき》だったんだよ。

When I saw my classmates going off
on a school excursion,
you said with your head down "Sorry son."
To tell the truth, Mom,
I didn't care that I couldn't join them.

Tamizo Yokogawa (M.55)

秀作

横川 民蔵

石川県 55歳

今《いま》でも弟《おとうと》の方《ほう》が気《き》になるかい。
もうどちらでもいいけど。
今《いま》はもういいけど。

秀作

川越　俊夫

京都府　44歳　会社員

母《かあ》ちゃん。
泣《な》きたい夜《よる》は、
決《き》まって母《かあ》ちゃんが夢《ゆめ》に出《で》てくる。
背中《せなか》を、押《お》してくれる。

Mom, whenever I feel weak
and want to cry at night,
I always dream of you gently patting my back.

Kaoru Takada (M.33)

秀作

高田 郁

兵庫県 33歳 会社員

あなたから　もらった物《もの》は数多《かずおお》く
返《かえ》せる物《もの》は　とても少《すく》ない。

The things I got from you are so many.
The things I can return, so few.

Satomi Owada (F.21)

特別賞

［北陸郵政局長賞］

大和田　早都美

北海道　21歳　事務員

宅急便《たっきゅうびん》につめていた新聞《しんぶん》は、
母《かあ》ちゃんが読《よ》んだものだね。
秋田《あきた》のにおいがしたよ。

Mom, thanks for the parcel.
The newspapers you used for packing
are ones you read
And brought a smell of *Akita*.

Takashi Hayashi (M.44)

特別賞

［北陸郵政局長賞］

林 孝

宮城県 44歳

お母《かあ》さん、反対《はんたい》してくれて有難《ありがと》う。
おかげで辛抱《しんぼう》できました。
結婚生活《けっこんせいかつ》、十七年《じゅうななねん》。洋子《ようこ》。

特別賞

［北陸郵政局長賞］

高橋　洋子

宮城県　39歳

あなたを鬱陶《うっとう》しく思《おも》う時《とき》が、
私《わたし》は幸《しあわ》せなのかもしれませんね。
明日《あした》帰《かえ》ります。

Mom, whenever I think of how you cling to me
Still it makes me happy, I'll be home tomorrow.

Yoshie Otani (F.22)

特別賞
［北陸郵政局長賞］
大谷　代志恵
茨城県　22歳

同窓会《どうそうかい》で「お母《かあ》さんそっくり」と言《い》われたよ。
皆知《みなし》らないからね。
一人暮《ひとりぐらし》やめたら。

母は継母、育ての親。

特別賞
［北陸郵政局長賞］

新井　栄子

千葉県　50歳　主婦

母《かあ》さん、米《こめ》ぐらい自分《じぶん》で買《か》うから、
送《おく》ってこなくていいよ。あと、タオルも。

特別賞

［北陸郵政局長賞］

滝坂　耀

千葉県　21歳

心配御無用《しんぱいごむよう》。ちゃんと食《た》べてるよ。
レシートを入《い》れとくから　見《み》てチョーダイ。

特別賞

［北陸郵政局長賞］

斉藤　洋子

千葉県　19歳

洗濯機《せんたくき》の件《けん》。
泣《な》く場所《ばしょ》がなくなるから、かあさん、
全自動《ぜんじどう》はやめにしたほうがいい。

私がおさない頃、母は父とけんかするといつも
洗濯機の前で洗濯するふりをしながら、泣いていたものです。

特別賞

［北陸郵政局長賞］

浅野　光希

東京都　28歳　自由業

ずっと黙《だま》っていましたね。
でも最後《さいご》の最後《さいご》にこぼしたグチ。
その方《ほう》が、僕《ぼく》の母《はは》らしい。

特別賞

［北陸郵政局長賞］

藤原　タクヤ

東京都　33歳

セーター、編《あ》めたので送《おく》ります。

素敵《すてき》なピンクでしょ。

車椅子《くるまいす》でも颯爽《さっそう》としていてね。


90才になる母は脳梗塞で右半身不自由になり、リハビリ施設で健気に努力の毎日を送っています。

気性のしゃんとした母は施設に入ってますます身嗜に心がけおしゃれになりました。

そんな母は私の誇りであり、心からの声援を送りたいのです。

特別賞

［北陸郵政局長賞］

四方　允子

京都府　62歳　主婦

いつの日《ひ》か　最後《さいご》は私《わたし》と暮《くら》そうね。
嫌《いや》でも何《なん》でもそうゆうきまり!!　約束《やくそく》ね。

特別賞

［北陸郵政局長賞］

長谷川　由美子

大阪府　33歳　主婦・自営

感謝感謝《かんしゃかんしゃ》　おかん殿《どの》
夜中《よなか》の下宿《げしゅく》の夏炬燵《なつごたつ》
めし　金《かね》　花《か》ビン　置《お》き手紙《てがみ》

特別賞

［北陸郵政局長賞］

上田　毅木

大阪府　25歳　アルバイト

おふくろ、死《し》ぬなよ。
いいと言《い》うまで死《し》ぬなよ。
親孝行《おやこうこう》が全部《ぜんぶ》終《お》わるまで死《し》ぬなよ。

Mother, don't die.
Until I say it's all right, don't die.
Until I have finished repaying everything,
don't die.

Yasuhiro Narita (M.28)

特別賞
［北陸郵政局長賞］
成田 康祐
大阪府 28歳 会社員

母《かあ》さん、ありがとう。
母《かあ》さんが私《わたし》を信《しん》じてくれたからこそ、
私《わたし》も娘《むすめ》を信《しん》じぬけます。

Mom, thanks for having trusted in me.
Because you trusted in me,
Now I can also trust in my daughter.

Sumi Ueda (F.39)

特別賞

［北陸郵政局長賞］

上田 寿美

兵庫県 39歳 主婦

盆《ぼん》ですね。
思《おも》い出《だ》すのは母上《ははうえ》のおやき、
父《ちち》の供物《くもつ》に手《て》を出《だ》した私《わたし》、
今《いま》、孫《まご》もその年《とし》です。

When the bon festival comes
I always remember that I wanted oyaki
which you cooked to offer to Dad who had died.
Now my grandchild has reached the same age.

Toshiko Ikeda (F.76)

特別賞
［北陸郵政局長賞］

池田 俊子

長野県 76歳 無職

入試《にゅうし》の日《ひ》の朝御飯《あさごはん》、
大《おお》きな大《おお》きなとんかつと母《かあ》さんの笑顔《えがお》。
緊張《きんちょう》もふっとんだよ。

高校入試の試験の日の朝、緊張してたまらない私に何もいわずに大きな大きな1番高いぶた肉のとんかつをどんとおいて笑顔で「おあがりなさい。」といった。

どんな口さきだけの言葉よりもそのお母さんの気持ちがうれしかった。

お母さんは「勝つ！」という気持ちでとんかつをあげてくれたのだろうなっと思うと不思議に緊張もほぐれて、お母さんのあったかさを感じた。

特別賞

［北陸郵政局長賞］

高田　瑠美

富山県　16歳　高校

孫《まご》のいたずらに、
私《わたし》の名前《なまえ》を怒鳴《どな》るのはやめてね。
「つい癖《くせ》で。」って言《い》うけど。

特別賞

［北陸郵政局長賞］

半田　裕美子

福岡県　28歳　会社員

お母《かあ》さん、八十二歳《はちじゅうにさい》になりました。
よい爺《じい》さんで、世《よ》に尽《つく》しております。

特別賞

［北陸郵政局長賞］

高野　伊之蔵

鳥取県　82歳

焼酎《しょうちゅう》うまい？　針《はり》の目《め》通《とお》る？
自慢《じまん》の童人形《わらべにんぎょう》縫《ぬ》えている？
田仕事《たしごと》終《お》えたら来訪《らいほう》待望《たいぼう》。

特別賞

［北陸郵政局長賞］

益田　茂子

熊本県　52歳　主婦

ヨメさん見《み》つけた！　来月《らいげつ》、連《つ》れてく。
な、「おかあさま」って、
かあちゃんのことだぞ。　ん？

特別賞
［北陸郵政局長賞］
森山　高史
沖縄県　44歳　自営業

佳作

母

あいうえ「おふくろ」かきくけ「孝行《こうこう》」
さしすせ「そろそろ」四十雀《しじゅうから》

小崎 洋志
北海道 40歳 地方公務員

恵美《えみ》の上京《じょうきょう》、俺《おれ》は反対《はんたい》。
湯治《とうじ》十日《とおか》の費用《ひよう》同封《どうふう》。兄貴《あにき》に内緒《ないしょ》。
干柿《ほしがき》食《く》いたい。風邪《かぜ》ひくな。

楠本 たけし
北海道 74歳 無職

待《ま》ってました、宅急便《たっきゅうびん》。
出《で》てくる、出《で》てくる、
こんなのここでも売《う》ってるよ！

青山 順子
北海道 31歳

世界《せかい》には沢山《たくさん》の人《ひと》がいるけど、
私《わたし》とお母《かあ》さんは出会《であ》ったんだね。
本当《ほんとう》によかったね。

吉倉 亜紀子
北海道 21歳 自営

十人生《じゅうにんう》んだ母《かあ》さん、
やっぱり好《す》ききらいはあるんだろう。
教《おし》えてくれよ。

柴崎 弘三
北海道 50歳

初給料《はつきゅうりょう》です。父《とう》さんと好《す》きな鰻丼《うなどん》でも食《た》べて下《くだ》さい。
母《かあ》さんの写真《しゃしん》の前《まえ》で書《か》いてます。

瀬川 一郎
北海道 89歳

やっぱり、あなたの娘《むすめ》だわ。
今《いま》ハングルに夢中《むちゅう》です。
マスター出来《でき》るか見《み》ていてね。

松原　睦美
北海道　54歳　地方公務員

今《いま》だから話《はな》すけど手術室《しゅじゅつしつ》の前《まえ》で姉《ねえ》さんと、
子供《こども》みたいに大声《おおごえ》で泣《な》いたんだよ。

矢本　克子
北海道　42歳　事務パート

母《かあ》さん、あの時《とき》のように迎《むか》えに来《き》てください。
林《はやし》の中《なか》に迷《まよ》いこみ、道《みち》を失《うしな》いました。

丸山　優子
岩手県　43歳　主婦

電話《でんわ》だとちょっとテレ、
だから手紙《てがみ》でそっとユウ。
「母《かあ》ちゃん　ごめん」

斎藤　弘和
宮城県　53歳　イラストレーター

心配無用《しんぱいむよう》、嫁《よめ》になる女正月《ひとしょうがつ》に連《つ》れて帰《かえ》ります。
あの大根《だいこん》の漬《つ》け方《かた》教《おし》えてねと。

山崎　忠良
宮城県　55歳　公務員

お母《かあ》さんから母《かあ》ちゃんに変《か》えたのは、
それだけ誇《ほこ》りに思《おも》ったからです。

高橋　繭子
宮城県　28歳

なんで料理《りょうり》や縫《ぬ》い物《もの》は、
本《ほん》よりお母《かあ》さんのほうがうまくいくんだろうね。

佐藤　麻里子
宮城県　17歳　高校

あば、九十歳《きゅうじっさい》えがたな。
近近読物《ちかぢかよみもの》持《も》って面《めん》こ出《だ》すがら、
あちこどしにゃで、までけれ。

新山　昌子
秋田県　53歳　主婦

天国《てんごく》のお母《かあ》さん、大切《たいせつ》なことを言《い》い忘《わす》れました。
私《わたし》を生《う》んで下《くだ》さってありがとう。

浦島 信代
山形県 48歳 主婦

食事《しょくじ》、洗濯《せんたく》、育児《いくじ》に仕事《しごと》、ご苦労様《くろうさま》です。
それでも浮気《うわき》に気《き》づくとは、立派《りっぱ》です。

島津 美智雄
山形県 34歳

ごめんね。そばにいられなくて。でも必《かなら》ず帰《かえ》る。
お土産《みやげ》持って。待《ま》たないで、待《ま》ってて。

田河　みどり
福島県（ベルギー在住）
31歳　銀行員

キュッと髪《かみ》を結《むす》ぶ。真《ま》っ白《しろ》なシャツを着《き》る。
そして、あなたを想《おも》う。

細川　美奈子
茨城県　24歳　小学校教員

お彼岸《ひがん》には砂糖《さとう》の入《はい》ったぼた餅《もち》を供《そな》えてますよ。
あの頃《ころ》は塩味《しおあじ》だったものね。

薄木 博夫
茨城県 61歳 無職

見《み》えない目《め》で、自分《じぶん》の着物《きもの》をほどき、
はんてんを縫《ぬ》ってくれたね。アリガトウ。

柳 徳子
栃木県 54歳 家庭相談員

母《かあ》ちゃん。
お盆《ぼん》には彼女《かのじょ》を連《つ》れて帰《かえ》るので、
客用《きゃくよう》のフトン頼《たの》む。

鈴木　昭
栃木県　32歳　会社員

その笑顔《えがお》　青春《せいしゅん》してるね
いつの間《ま》に　立場逆転《たちばぎゃくてん》
輝《かがや》いてるよ　お母《かあ》さん

片岡　由美
群馬県　34歳

母《かあ》ちゃんごめんネ
背中《せなか》におしっこかけないから
もう一度《いちど》おんぶして

関口 正夫
群馬県 60歳 会社員

早《はや》くいかまい　母娘《ははこ》の旅《たび》はじめてだもんね
お互《たが》い三十年《さんじゅうねん》も待《ま》ったもん　そうずら

冨永 ふき子
埼玉県 51歳

謹啓《きんけい》　母上様《ははうえさま》　漸《ようや》く貴女《あなた》の呪縛《じゅばく》から
解《と》かれる日《ひ》が来《き》ました。
結婚《けっこん》します。　再拝《さいはい》

並木　節子
埼玉県　30歳

一筆啓上《いっぴつけいじょう》『憎《にく》まれっ子《こ》、世《よ》に　はばかる』
ママが、わがままな人《ひと》で　本当《ほんとう》に　よかった!!

逆井　一江
埼玉県　35歳

最後《さいご》まで母《かあ》さんの生《い》き方《かた》許《ゆる》せなかった
それなのに今《いま》はいつも母《かあ》さんを想《おも》い出《だ》す

清水　君江
埼玉県　37歳　飲食業

結婚《けっこん》しようと思《おも》っています
そろそろ親父《おやじ》の女《おんな》に戻《もど》って下《くだ》さい

川上　正博
千葉県　29歳

お互《たが》いの亭主《ていしゅ》にゃ内緒《ないしょ》にしておこう
昨日《きのう》の買物《かいもの》、昼食《ちゅうしょく》の寿司《すし》　お母《かあ》さんは遊《あそ》び友達《ともだち》

槻谷　奈穂子
千葉県　35歳　主婦

今《いま》だっておもしろいけれど、
嫁姑《よめしゅうとめ》ではなくて友《とも》だちだったら、もっといいね。

重信　文江
千葉県　43歳　主婦

聞《き》きたいな、お母《かあ》さんの声《こえ》。
煮物《にもの》みたいな、アッツアツの笑《わら》い声《ごえ》!!

笠間 友季恵
千葉県 32歳 主婦

苦労《くろう》はしてます。でも帰《かえ》りません。
ではさようなら。お元気《げんき》で。

W・S
千葉県 24歳 OL

母《かあ》さん譲《ゆず》りの、
この下《さ》がった眉毛《まゆげ》がいいと言《い》う子《こ》がいます。
今度《こんど》連《つ》れて帰《かえ》るね。

村田 清
千葉県 26歳 会社員

たんぽぽの ような奴《やつ》だと
とうさんが 言《い》っていました
のろけないでと 言《い》っといて

一坂 志保子
東京都 41歳 主婦

たんぽぽおかあさんへ
こおえんまできてね　きっときっときてね
たんぽぽより

小林　佐和子
東京都　14歳　中学校

母《はは》へ　秘密家出《ひみついえで》チケット、送《おく》る。
ウサばらし、夫婦《ふうふ》ゲンカにお役立《やくだ》てを。
―東京見物付《とうぎょうけんぶつつき》―

高橋　牧子
東京都　27歳　会社員

前略《ぜんりゃく》　あの時《とき》枕元《まくらもと》に参上《さんじょう》したのは
あなたの二男《じなん》ではなく三男《さんなん》の私《わたし》だったのですよ

安達　順朗
東京都　56歳　国家公務員

僕《ぼく》が手紙《てがみ》を書《か》くなんて　驚《おどろ》いたでしょう。
彩子《あやこ》に子供《こども》ができたのです。

結城　喜宣
東京都　30歳

お尻《しり》をおされて　綱《つな》で昇《のぼ》ったお城《しろ》の天辺《てっぺん》、
女学校《じょがっこう》はあそこと言《い》った母《はは》。忘《わす》れるものか。

梅木　進
東京都　58歳　中学校教頭

母《かあ》さん　毎日笑《まいにちわら》ってくらしていますか？
世話《せわ》になるのは身近《みぢか》な人《ひと》よ　解《わか》っている？

中村　泰子
東京都　59歳　主婦

お母《かあ》さん、見栄《みえ》はらないで本当《ほんとう》のサイズ教《おし》えてよ。
ブラウス選《えら》びに困《こま》ります。

松岡 晴代
東京都 29歳 会社員

達者《たっしゃ》かね。足揉《あしも》みの裾《すそ》を捲《めく》る手照《てて》れ押《おさ》え、
夫以外《おっといがい》は見《み》せない肌《はだ》と、おやじ仕合《しあわ》せじゃ。

伊藤 忠男
東京都 60歳

ダイエットもいいけど、太《ふと》っ腹《ぱら》も好《す》きだな。
笑《わら》い声《ごえ》に合《あ》ってるのに。

新井　晶子
東京都　23歳　会社員

道《みち》で出会《であ》った上官《じょうかん》に、敬礼忘《けいれいわす》れ殴《なぐ》られて、
捜《さが》せなかったお母《かあ》さん、少年兵《しょうねんへい》の別《わか》れよ

久保隅　哲彦
東京都　67歳　会社員

母《はは》よ、女房《にょうぼう》があなたによく似《に》てきました。
実《じっ》に困《こま》ったことです。

三井 一夫
東京都 43歳

「ぼくは〃せう〃だね」と、
翔《しょう》が貴方《あなた》の旧《きゅう》カナ混《ま》じりの手紙《てがみ》を喜《よろこ》びます。

高市 昭子
東京都 38歳 主婦

親父《ちち》を十五越《じゅうごこ》し。貴女《あなた》の年《とし》に後五《あとい》つ。
妻《つま》・子《こ》・孫《まご》と活《い》き活《い》き暮《くら》し。元気《げんき》な体《からだ》を、有難《ありがと》う。

島﨑　喜七郎
東京都　63歳　都教育文化財団嘱託員

明日《あした》はどうしても用事《ようじ》があるから、
七時半《しちじはん》に起《お》こしてくれい。お願《ねが》いします。

相馬　崇志
東京都　19歳　大学2年

もうすぐ仕事《しごと》にケリをつけて、
留守電二十八回分《るすでんにじゅうはちかいぶん》の埋《う》めあわせをしに帰《かえ》るからネ。

高橋　寿江
東京都　25歳　専門学校1年

再婚話《さいこんばなし》にゃ驚愕《きょうがく》したが、シルバーパワーに乾杯《かんぱい》だ。
親類筋《しんるいすじ》は任《まか》せとけ。一陽来復《いちようらいふく》　再見《さいけん》

井上　猛
東京都　53歳　自営業

来週末帰《らいしゅうまつかえ》る。スキヤキいらない。
さんまとキンピラよろしく。　まこと

五十嵐　加奈子
東京都　27歳

そろそろ僕《ぼく》をあきらめて
次《つぎ》は親父《おやじ》の面倒《めんどう》をみてあげてください

萩原　正紀
東京都　27歳

飯《めし》は食《く》ってる　掃除《そうじ》もしてる
金《かね》もあるから心配《しんぱい》するな
何《なに》かおきたら電話《でんわ》する。

玉山　悟
東京都　19歳　専門学校

就職《しゅうしょく》は　母《かあ》さんのいるふるさとに　決《き》めた
風邪《かぜ》ひいちょらんね?

青谷　美穂
東京都　21歳

あんなに嫌《きら》いだった、
せりの佃煮《つくだに》や、ふきの金平《きんぴら》が、
食《く》いたいのです。

須藤　幸夫
東京都　31歳　フリーター

教《おそ》わったとおり梅《うめ》を干《ほ》して
赤《あか》く染《な》った手《て》が母《かあ》さんそっくり。
こちらも青空《あおぞら》です。

大熊　津夜子
神奈川県　55歳

改札出《かいさつで》たら、駅前公園《えきまえこうえん》 見《み》て下《くだ》さい。
三人《さんにん》でブランコしながら待《ま》ってます。

加藤 太美治
神奈川県 63歳 無職

お母《かあ》さん、ぼく生《う》まれてよかったよ。
生《う》んでくれて ありがとう

金澤 紀六
神奈川県 52歳 公務員

お母《かあ》さん、口《くち》ごたえと
だらしない所《ところ》は治《なお》さないと、
子供《こども》が真似《まね》するよ。

S・K
神奈川県　18歳　短大

初《はじ》めて父《ちち》にぶたれたあなた。
ありがとう、私《わたし》の結婚《けっこん》を応援《おうえん》してくれて。

S・A
神奈川県　27歳　会社員

二人《ふたり》とはいない人《ひと》だよ、
と、母《かあ》さんの一言《ひとこと》できめた結婚《けっこん》。
いい人生《じんせい》をありがとう。

高橋　富江
神奈川県　55歳　美容師

学問《がくもん》は貯金《ちょきん》と同《おな》じと言《い》ってくれた
お母《かあ》さん　お好《す》きな薔薇《ばら》を贈《おく》ります

三井　文造
神奈川県　67歳

今朝《けさ》、階段《かいだん》の下《した》から
私《わたし》を呼《よ》ぶお母《かあ》さんの夢《ゆめ》をみました。
元気《げんき》ですか。

諸冨　まゆみ
神奈川県　28歳

あいたいな　二十四《にじゅうよん》で逝《い》ったあなた
父《とう》さんも　もう七十二《ななじゅうに》　あいたいな　母《かあ》さん

冨田　美香恵
神奈川県　43歳　事務員

どんなに大喧嘩《おおげんか》しても、
十分後《じゅっぷんご》には笑顔《えがお》で話《はな》しかけてくるおふくろには、
負《ま》けるよ。

宮下 哲也
神奈川県 30歳 会社員

お母《かあ》さん そう呼《よ》べることの幸《しあわ》せ
ありがとう そう言《い》えないことのもどかしさ

生田 佳子
長野県 26歳 会社員

「私《わたし》だと思《おも》って下《しも》のお世話《せわ》をしてあげて」

というお母《かあ》さん。

私《わたし》、いい嫁《よめ》やってるよ。

篠原　三千子
長野県　53歳　主婦

母《かあ》さん、幸《しあわ》せでしたか。

突然《とつぜん》の死《し》にただ驚《おどろ》き、四年目《よねんめ》にして問《と》いかけます。

笠井　澄子
新潟県　39歳

お母《かあ》さんは、どうして男《おとこ》の仕事《しごと》ばっかりするの。
男《おとこ》になっちゃうよ。

大地　恵美
新潟県　10歳　小学校5年

白《しろ》い芍薬《しゃくやく》、天国《てんごく》へ持《も》っていったの？
お母《かあ》さん　あれから庭《にわ》に咲《さ》かなくなりました。

柳川　月
新潟県　72歳　無職

無理《むり》せんと畑《はたけ》と一緒《いっしょ》に遊《あそ》んだらいい
大根《だいこん》ごぼう足《た》りんかったら買《か》えばいい

澤田 恭子
富山県 36歳 主婦

野《の》を駆《か》けて行《い》ったまんまの
五歳《ごさい》のわたしがいるんだね。
惚《ぼ》けてていいよ、お母《かあ》さん。

久場 征子
富山県 53歳 主婦

おふくろでかした。素敵《すてき》な相手《あいて》の由《よし》。
式《しき》はいつか。大《おお》いに祝《いわ》おう。おめでとう。

米澤 保
富山県 57歳 会社員

誕生日《たんじょうび》は母《はは》の日《ひ》。僕《ぼく》だけにあるお母《かあ》さんの日《ひ》。
「おめでとう」の数《かず》だけ「ありがとう。」

酒井 剛
石川県 24歳 公務員

元気《げんき》ですか。
今日《きょう》、内定《ないてい》をもらいました。東京《とうきょう》です。
父《とう》さんには僕《ぼく》から話《はな》します。

坂下 一
石川県 22歳 大学

お母《かあ》さん 寂《さび》しくなったら鏡見《かがみみ》てみ。
きっとその中《なか》に同《おな》じ顔《かお》した私《わたし》がおるさかい。

嶋 恭子
石川県 17歳 高校

遠《とお》くで想《おも》うと涙《なみだ》が出《で》る。
近《ちか》くで見《み》てると腹《はら》が立《た》つ。
お母《かあ》さん!! 愛《あい》しているよ。

長井 英里
石川県 43歳 施設職員

おかあさん ぶた おかあさん ブス
おかあさん バカ おかあさん…でもすき

中島 崇志
石川県 7歳 小学校

拝啓《はいけい》　万緑《ばんりょく》の候《こう》。私《わたし》を遅《おそ》く産《う》んでくれ、
今《いま》、文学《ぶんがく》を勉強《べんきょう》している母《はは》。
頑張《がんば》ってね。　かしこ

新田　達子
石川県　高校

父《ちち》よりも一品多《いっぴんおお》い弁当《べんとう》と、
「バスケガンバレ!!」の言葉《ことば》と、
笑顔《えがお》の迎《むか》えありがとう。

甲由　香里
福井県　13歳　中学校

ねえ、お母《かあ》さん。一《いっ》しょに、本《ほん》を読《よ》もうよ。
丸《まる》になったら、交代《こうたい》だよ。うまく読《よ》もうね。

鳥越 覚生
福井県 8歳 小学校

貴女《あなた》のお母《かあ》さんキレイネ！
っていつも言《い》われる私《わたし》、
ヤキモチ半分《はんぶん》、幸《しあわ》せ一《いっ》ぱいです。

三上 栄子
福井県 50歳 自営

「さとし、がんばれ。」この言葉《ことば》が大《だい》すきだ。
今度《こんど》、シュートをぜったいします。

中屋 智
福井県 10歳 小学校

喰《た》べてもいい 徘徊《はいかい》してもいい
わたしを忘《わす》れても構《かま》わない
お母《かあ》さん 長生《ながい》きしてね

坪田 芙美江
福井県 49歳 公務員

耳《みみ》そうじかあさんのひざはあったかい、
このときは　わたしだけのかあさんだね

田辺　聡美
福井県　6歳　小学校

おふろの水《みず》をきちんととめてね。
わすれそうならぼくにたのむといいよ。

北嶋　明広
福井県　9歳　小学校

日付《ひづけ》も所《ところ》も書《か》けないが、
何《なに》はともあれ只今元気《ただいまげんき》
母《はは》も達者《たっしゃ》で良《よ》い正月《しょうがつ》を

大西 悟
福井県 78歳 無職

幼《おさな》い頃《ころ》、炒《い》りソラマメを配《くば》ってくれた手《て》は、
秤《はかり》のように正確《せいかく》だったね。

窪田 秀男
福井県 41歳 会社員

父上《ちちうえ》よりも母上《ははうえ》よりも長《なが》く生《い》きました。
そろそろおそばへ呼《よ》んで下《くだ》さらぬか。

岡本　純治
福井県　76歳

母《かあ》さん私《わたし》　母《かあ》さんが亡《な》くなってから
母《かあ》さんのこと　好《す》きになったみたい　ごめんね

辻子　恵子
福井県　41歳　保母

拝啓《はいけい》お袋《ふくろ》。賢治《けんじ》は毎週《まいしゅう》競走《マラソン》出場《しゅつじょう》。
献血《けんけつ》百回《ひゃっかい》奉仕《ほうし》。丈夫《じょうぶ》な体《からだ》をありがとう。
盆《ぼん》には帰《かえ》る。

山腰　賢治
福井県　35歳　地方公務員

夜具《やぐ》をぬらし、母《はは》の懐《ふところ》で泣《な》いた僕《ぼく》。
青天《せいてん》の屋上《おくじょう》に布団《ふとん》をそっと広《ひろ》げる母《はは》の姿《すがた》忘《わす》れず。

山内　昭治
福井県　65歳　無職

母《かあ》さん振込《ふりこ》みありがとう
これ親父《おやじ》に内緒《ないしょ》だよね
きっとバイトで返《かえ》すから

畑 裕城
福井県 21歳

「バカヤロウ、クソばばあ」
元気《げんき》になったあなたにこの憎《にく》まれ口《ぐち》を、
また言《い》ってみたい。

永田 耕三
岐阜県 29歳 会社員

お母《かあ》さん、
「さとしをいじめるな」と「勉強《べんきょう》しなさい」
いわんでいいよ、ぼくできるで。

尾崎　直人
岐阜県　9歳　小学校

勉強《べんきょう》している時《とき》に話《はな》しかけないでね
ぼくの勉強《べんきょう》がすすまないからお願《ねが》いね。

定京　哲平
岐阜県　9歳　小学校

話《はな》せなくてもいい　寝《ね》たきりでもいい
生《い》きていてくれるだけで　ホッカホカなんだ

冬木　まこと
岐阜県　40歳　主婦

久《ひさし》の宿題《しゅくだい》に「夜《よ》なべ」て出《で》たので、
母《かあ》さんの事話《ことはな》したら、
うなずいて鉛筆《えんぴつ》なめよったよ。

木村　孝二
愛知県　57歳　陶工

隣《となり》の百合《ゆり》さんより綺麗《きれい》かと五才《ごさい》の俺《おれ》に聞《き》いた。
今《いま》でも母《かあ》さん綺麗《きれい》だよ。

柴田 富一
愛知県 65歳 団体職員

一筆啓上《いっぴつけいじょう》 母上《ははうえ》の納骨《のうこつ》やめました。
骨《ほね》でもいい、母《かあ》さんに居《い》てほしい。

林 恭子
愛知県 61歳 菓子店経営

お母《かあ》さん、自分《じぶん》の身体《からだ》を、
一息一息《ひといきひといき》を、拝《おが》むことが、
仏《ほとけ》を拝《おが》むことですよ。

吉村　かほる
愛知県　54歳　主婦

熱《ねつ》でた子《こ》まかせておけと送《おく》り出《だ》す
あなたがいたから勤《つと》まりました

小竹　紀代子
愛知県　34歳　小学校教諭

お母《かあ》さん聞《き》いて！

「薪《たきぎ》の御飯《ごはん》っておいしいね」

と孫《まご》がお代《かわ》りしたよ。又来《またき》てね。

愛知県　山本　経子　56歳

オッパイ取《と》ってよかったじゃん
かわりに命《いのち》が残《のこ》ったで
大事《だいじ》にせにゃならんに

愛知県　山本　香織　31歳　主婦

夜《よ》ふけに爪《つめ》は切《き》りません、
霊柩車《れいきゅうしゃ》には親指《おやゆび》かくす。
俺《おれ》だって親孝行《おやこうこう》してるだろ。

野田 充邦
愛知県 29歳 サラリーマン

かあちゃん　俺《おれ》が十五年前《じゅうごねんまえ》の春送《はるおく》った
初任給《しょにんきゅう》83,293円《えん》
どうなったのかな

大川 日出海
愛知県 34歳

母上様《ははうえさま》、今日《きょう》は何回《なんかい》笑《わら》いましたか。
私《わたし》は大笑一回《おおわらいいっかい》小笑五回《こわらいごかい》、だから明日《あした》も元気《げんき》です。

齋藤 めぐみ
愛知県 28歳 会社員

片親《かたおや》でばかにされたこともあったけど
母《かあ》さんあなたは素晴《すば》らしい人《ひと》だった。

渡辺 国幸
愛知県 26歳

仏嫌い《ほとけぎらい》の私《わたし》も黙《だま》りこくって座《すわ》っています
夏椿《なつつばき》二輪《にりん》咲《さ》いただけです

牧野 正
愛知県 66歳

大嫌《だいきら》い。その悪口《わるくち》とキツイ性格《せいかく》。
でもそのままでいて。元気《げんき》な証拠《しょうこ》。

田辺 恵子
滋賀県 33歳 公務員

「おばあちゃんと同《おな》じことと言《い》うね。」
我《わ》が子《こ》のこの言葉《ことば》がたまらなくうれしい私《わたし》です。

若城　啓子
滋賀県　38歳　主婦

親知《おやし》らずを抜《ぬ》きました。
知《し》らなくてもいい事《こと》だけど知《し》らせとく。
とっても痛《いた》かった。

小澤　百合子
滋賀県　35歳　会社員

おかあちゃん、ボケんといてや、長生《ながい》きしてや、
うちはまだまだこどもやでー。

石原 志延
京都府 38歳 公務員

字《じ》、へた。料理《りょうり》 あかん。
洋裁《ようさい》 できん。子供《こども》 一人《ひとり》。
ひとつも お母《かあ》ちゃんを 越《こ》せなんだ。

伊藤 寿子
京都府 43歳

謹言一筆母様《きんげんいっぴつははさま》　涼夏不順《りょうかふじゅん》な時《とき》　残暑《ざんしょ》に備《そな》え
不動明王《ふどうみょうおう》を描《えが》き息災延命《そくさいえんめい》を祈《いの》ります　勇三《ゆうぞう》

里見　勇三
京都府　61歳

お母《かあ》さん。知《し》らないうちにかぶってた
ゆうべのふとんありがとう。

佐内　理恵
京都府　20歳　大学

私《わたし》より若《わか》いんじゃないのお母《かあ》さん、
新《あたら》しい自分《じぶん》の机《つくえ》がそんなに嬉《うれ》しいなんて。

謝名堂　千賀
京都府　58歳　主婦

若死《わかじ》にの母《かあ》ちゃんの着物《きもの》を米《こめ》に替《か》え
戦後《せんご》僕《ぼく》らは命《いのち》をつないだ　おおきに

白井　啓一
京都府　73歳　無職

いない人相手《ひとあいて》では　まるで禅問答《ぜんもんどう》
一度《いちど》お盆《ぼん》に出《で》てきてよ
おいしく　お寿《す》し　できたの

広田　裕子
京都府　43歳　パート

一度《いちど》だけ　父《ちち》への嫉妬《しっと》で押《お》しかけた
タクシーの隅《すみ》で息《いき》をのむ

山本　三枝子
京都府　48歳

留守番電話《るすばんでんわ》、妙《みょう》によそよそしい母《かあ》さんの声《こえ》。
何度《なんど》もきき返したよ、有難《ありがと》う。

三谷 いく美
大阪府 44歳 主婦

赤《あか》ん坊《ぼう》は泣《な》いてばかり、夫《おっと》は朝帰《あさがえ》り。
夜《よる》の海《うみ》が暗《くら》く光《ひか》る。
でも、頑張《がんば》れます、お母《かあ》さん。

伯井 淳子
大阪府 29歳 高校講師

今日《きょう》 やっと 五目豆《ごもくまめ》がお母《かあ》さん味《あじ》に炊《た》けました
ほっくり こっくり ほめてほしいよ

土井 圭子
大阪府 29歳 主婦

何度《なんど》も同《おな》じ話《はなし》をする母《かあ》さん、
嫁《よめ》や孫《まご》は逃《に》げても、私《わたし》は何度《なんど》でも聞《き》きたい。

笠井 信吾
大阪府 41歳 会社員

「あの美《うつく》しいお母《かあ》さん今《いま》もお元気《げんき》？」
と同窓会《どうそうかい》で聞《き》かれましたよ、お母《かあ》さん。

木戸　美幸
大阪府　65歳　主婦

異国《いこく》にて米《こめ》を研《と》ぐという行為《こうい》は実《じつ》に変《へん》な気分《きぶん》です。
どうしてでしょう、お母《かあ》さん。

水谷　綾
大阪府　25歳

泣《な》きながら　医学書《いがくしょ》めくり　我《われ》のため
病名《びょうめい》さがした　あなたに感謝《かんしゃ》

岡本　美佳
大阪府　31歳　高校教員

昨夜《さくや》夢《ゆめ》を見《み》ました。
幼《おさな》い頃《ころ》お腹《なか》をさすってくれてありがとう。
もう嫁《とつ》いで半年《はんとし》ね。

野口　栄子
大阪府　25歳　主婦

大空襲《だいくうしゅう》の折《おり》、火《ひ》の粉《こ》を素手《すで》で払《はら》ってくれた母《かあ》さん。
いま日本《にほん》に戦争《せんそう》はありません。

島村 美津子
大阪府 61歳 主婦

気持《きも》ち悪《わる》いの覚悟《かくご》で言《い》うわ。
お母《かあ》さんは私《わたし》の命《いのち》。愛《あい》してる。
うっ 恥《は》ずかしい。

山本 由美子
大阪府 42歳 自由業

今日《きょう》バス停《てい》で母《かあ》さんに似《に》ている人《ひと》をみた
その重《おも》そうな荷物《にもつ》を持《も》ってやったよ

高橋 浩幸
大阪府 29歳

おふくろとか、母《はは》とか 人《ひと》は、言《い》うけれど、
やっぱり『おかあちゃん』

柳川 正明
兵庫県 42歳 建具工

寝言《ねごと》でも『みっちゃん』なんて笑《わら》っちゃう。
来月《らいげつ》は二十一《にじゅういち》になるのよ、アタシ。

西山 光恵
兵庫県 20歳 大学生

おかあさん、
いつも僕《ぼく》のウンコを流《なが》してくれてありがとう。

嶋谷 淳志
兵庫県 9歳

縁《えん》あって　つき合《あ》いはじめた　女《おんな》の子《こ》
今度《こんど》の休《やす》みに　連《つ》れて帰《かえ》るぜ

永本　啓三
奈良県　35歳　公務員

黙《だま》ってると水臭《みずくさ》いって、
話《はな》すと心配《しんぱい》かけないでって。
どうしたらいい？　おかあさん。

臼井　めぐみ
奈良県　34歳　主婦

お母《かあ》さん、動物《どうぶつ》いっぱいかってもいいと、
言《い》ってくれてすごくうれしい。

植田　剛
奈良県　10歳　小学校4年

父《とう》さんの後《うしろ》で母《かあ》さん拳骨《げんこつ》あげてた。
私《わたし》は亭主《ていしゅ》の背中《せなか》にアッカンベー　大先輩殿《だいせんぱいどの》　む

小山　睦美
和歌山県　46歳　主婦

②ばかりの通知表《つうちひょう》。「家鴨《あひる》が並《なら》んで可愛《かわい》いよ」
母《はは》よ、あなたの心《こころ》を忘《わす》れない。

清水　正宣
和歌山県　58歳　住職

念力《ねんりき》かけてクイズのハガキを書《か》いてるお母《かあ》さん
私《わたし》も一筆啓上《いっぴつけいじょう》に応募《おうぼ》するからね

木下　恭子
鳥取県　18歳　会社員

母上《ははうえ》の甘酒《あまざけ》、呑《の》みたいです。
シベリヤは寒《さむ》いが元気《げんき》、必《かなら》ず生《い》きて還《かえ》ります。

内藤　節次
山口県　68歳

弟《おとうと》ぬきで遊《あそ》んだあの日《ひ》
姉《あね》の立場《たちば》を忘《わす》れ甘《あま》えたのは十三年《じゅうさんねん》ぶり
一生忘《いっしょうわす》れない

岩本　明子
山口県　18歳　高校3年

あなたの影響力《えいきょうりょく》は、ゆるい蝶結《ちょうむす》び。
いまもとけない魔法《まほう》がかけられています。

野口　登美子
徳島県　33歳

冷蔵庫過信《れいぞうこかしん》はダメ、おいしい物《もの》はすぐ食《た》べな。
老人大学《ろうじんだいがく》程々《ほどほど》に、花《はな》の水《みず》やり忘《わす》れずに。

片山　康雄
徳島県　58歳　教員

お母《かあ》さんの娘《むすめ》に、生《う》んでくれてありがとう。
ありがとう。ありがとう。ありがとう。

深瀬 晃子
香川県 29歳 主婦

孫《まご》があなたの写真《しゃしん》を指《ゆび》さし
「梨《なし》」「ぶどう」と叫《さけ》んでいます。
宅配便《たくはいびん》待《ま》ってます。

宮田 紀代子
香川県 32歳 主婦

お母《かあ》さん、あなたの老《お》いるのが悲《かな》しくて、
優《やさ》しくなれない私《わたし》です。

居木　千里
愛媛県　43歳　主婦

手揉《ても》みの茶《ちゃ》ありがとう。
女房《にょうぼう》は変《へん》な鹿尾菜《ひじき》ねと言《い》いました。
盆《ぼん》には帰《かえ》ります。

松末　博雅
愛媛県　41歳　公務員

私《わたし》の嘘《うそ》、知《し》らないふりで有難《ありがと》う母《かあ》さん。
幸《しあわせ》せになります。きっと。

滝本　清子
高知県　65歳

すぐ怒《おこ》る。すぐ泣《な》く。すぐ触《さわ》る。
すぐ蹴《け》る。すぐ笑《わら》う。すぐ喜《よろこ》ぶ。
娘《むすめ》も私《わたし》もかあちゃんもね。

中満　千代子
福岡県　43歳　公務員

心配《しんぱい》かけて、ごめん。遠《とお》くへ嫁《とつ》いだこと…
泣《な》かせて、ごめん。子供《こども》産《う》めなかったこと…

前畠 恵子
福岡県 35歳 専業主婦

一筆啓上《いっぴつけいじょう》 名前《なまえ》を知《し》らないお母《かあ》さん。
顔《かお》も知《し》らないお母《かあ》さん。
私《わたし》は五十七歳《ごじゅうななさい》になりました。

泉本 泰子
福岡県 57歳 主婦

丸岡《まるおか》に来《き》ています。
母《かあ》さんがよく話《はな》してくれた
古《ふる》い土塀《どべい》もそのままです。

前原　美枝
福岡県　22歳　公務員

お母《かあ》さん　もう、かくれんぼは
おわりにしませんか
もう、いいかい　もう、いいよ

秦　順子
福岡県　42歳

独身《どくしん》のまま　あなたの死《し》を
乗《の》り越《こ》えられるだろうかと
ゆれることもあります。

土井　あけみ
長崎県　28歳

でんく虫《むし》になれ　宿借《やどか》りになるな
と、母《かあ》ちゃん言《い》うたから
やっと　城《いえ》、建《た》てたのに——

髙浪　藤夫
長崎県　60歳

かあさんの、
『もう、来《こ》なくていいよ』を聞《き》くために、
又逢《またあ》いにいくんだよ。

松岡 公誠
熊本県 29歳 会社員

日《ひ》が沈《しず》む 寒《さむ》くなる季節《きせつ》
もう草取《くさと》りやめたかな
曲《ま》がった腰痛《こしいた》いだろ お袋《ふくろ》さん

那須 哲憲
熊本県 54歳

お母《かあ》さん、お静《しず》かなお盆様《ぼんさま》でございます。
今宵《こよい》はゆっくり語《かた》り合《あ》えますね。　優子《ゆうこ》

上原　優子
熊本県　43歳

母《かあ》さん、この間《あいだ》は電話《でんわ》をありがとう。
お陰《かげ》で元気《げんき》が出《で》たよ。
またやり直《なお》してみるから。

疋田　正文
大分県　48歳　公務員

あとがき――三万二二三六の物語

三万二二三六通の手紙には、一通一通に込められた母への想いが満ちあふれていました。重く、悲しく、おかしく語られた母へのメッセージに込み上げてくるものを禁じ得ませんでした。文面からは見えないさまざまなドラマ（物語）がありました。手紙を出していただいたすべての皆様に心から御礼申し上げます。

平成五年六月一日の応募開始から、毎日のように寄せられる手紙が事務局に山のように積み上げられていきました。担当者が一通一通を開封し、他人の手紙を読むことの後ろめたさと期待にまどわされながらの作業が延々と続いたのです。六月十日頃には四十七都道府県すべてから手紙が寄せられました。海外からも何通か寄せられました。葉書や、手紙、そして電話等での問い合わせも最終的には数千件に及ぶことになりました。とまどいながら、寄せられる賞賛と励ましに勇気づけられ、なんとか最終選考会にまでたどりつけました。

正直なところ、二十五文字から三十五文字に、これほどゆたかに、母が語られようとは思いませんでした。俳句・短歌・川柳等、短詩型の得意な国民性とはいえ、主催者としてこれほど感動をともなった事業を開催できたことに誇りと喜びを感じます。

郵政省（現　郵便事業株式会社）の皆様には、さまざまな形でご支援いただきました。

この増補改訂版発刊にあたり、丸岡町出身の山本時男さんがオーナーである株式会社中央経済社の皆様には、大きなご支援をいただきました。ありがとうございました。

最後になりましたが、西予市とのコラボが成功し、今回もその一部について関係者の方にご協力いただいたことに感謝します。

二〇一〇年四月吉日

編集局長　大廻　政成

日本一短い「母」への手紙　一筆啓上賞〈増補改訂版〉

二〇一〇年　五月　一日　初版第一刷発行
二〇二〇年　二月二五日　初版第四刷発行

編集者――公益財団法人丸岡文化財団
発行者――山本時男
発行所――株式会社中央経済社
発売元――株式会社中央経済グループパブリッシング
〒一〇一―〇〇五一
東京都千代田区神田神保町一―三一―二
電話〇三―三二九三―三三七一（編集代表）
〇三―三二九三―三三八一（営業代表）
http://www.chuokeizai.co.jp/

印刷・製本――株式会社　大藤社
コラボ撮影――片山虎之介
編集協力――辻新明美

＊頁の「欠落」や「順序違い」などがありましたらお取り替えいたしますので発売元までご送付ください。（送料小社負担）

ISBN978-4-502-42940-8 C0095